Rainer-Volker Larm • Heinz Hemmerich

Wir spielen literarisches Kabarett

17 zugkräftige Texte für Amateure

VERLAG OTTO TEICH • DARMSTADT

ISBN 3-8069-0204-6

Gesamtherstellung: Bauer-Druck GmbH, Recklinghausen
Titelzeichnung: Gerhard Berthold
Printed in Germany

Inhaltsverzeichnis

	Seite
Wie spielen wir literarisches Kabarett?	5
Verwaltung – bürgernah	8
Wer suchet, der findet	14
O mode mio	17
Ente gut – alles gut	19
Was Frauen wünschen	23
Manager-Los	27
Der Pro-millionär	31
Rot tut not	33
Warum sind sie gegen uns?	37
Schließlich ist man ja Mensch	40
Was soll ich meiner Mami schreiben?	43
Luftsprünge	46
Es wird wieder protestiert	50
Die Fußballbraut	53
Bestselleritis	55
Wenn einer eine Reise tut	58
Wir sind dagegen	62

Wie spielen wir literarisches Kabarett?

Kabarett – so sagt das Lexikon – ist eine Kleinkunstbühne, auf der Lieder, Sketsche und Tänze aufgeführt werden. Von der Bühne des literarischen Kabaretts sind Tänze längst verbannt, abgeschoben in jene Cabarets, die der Duden nicht kennt und die in Deutschland nichts mehr mit der Urform des französischen Wortes Cabaret (Kneipe, Schenke) gemein haben. Lieder indes haben sich im literarischen Kabarett gehalten, allerdings dient hier die Musik mehr zur Stützung der Sprache, der Aussage.

Das literarische Kabarett hatte und hat in jeder Gesellschaftsform seine – oftmals nicht leichte – Aufgabe. Sie besteht – auf einen Nenner gebracht – darin, bestehende Mißstände in übertriebener Form satirisch und persiflierend darzustellen. Das hört sich komplizierter an als es ist. Steigen wir also gleich ein.

DER TEXT ist ohne Zweifel Kernstück des literarischen Kabaretts, ihm sollte es an Pointen nicht fehlen. Dennoch gibt es hervorragende Kabarett-Texte, die nicht eine einzige Pointe aufweisen, dafür aber dem Zuschauer „unter die Haut" gehen. Mit diesen Texten sollte man in jedem Programm geizen, denn kein Zuschauer verträgt ständige Magenschläge. Er will im Kabarett geistvoll unterhalten werden, will lachen! Die Kunst des Kabarettisten ist es, den Zuschauer über das Lachen zum Nachdenken zu bringen.

Die nachfolgenden Texte in diesem Büchlein sind alle bühnenerprobt und haben sich bewährt. Sie nachzuspielen dürfte für eine Gruppe begeisterter Amateure nicht schwierig sein.

Wichtig ist, daß die Texte vor der Aufführung wirklich auswendig gelernt werden, denn nur wenn der Text – vor allem die genaue Formulierung der Pointen – sitzt, steht einem freien, ungezwungenen Spiel nichts im Wege.

DAS SPIEL ist die mimische Ausdrucksform des Textes. Es sollte ebenfalls gut einstudiert werden. Dennoch darf auf einen Spielraum für Improvisationen nicht verzichtet werden. Ein schlechter Text, hervorragend gespielt, kommt beim Zuschauer oftmals besser an, als ein guter Text, der von den Akteuren heruntergeleiert wird. Man muß schon bei den Proben darauf achten, daß den einzelnen Szenen nicht die notwendige Leichtigkeit verlorengeht. Jede Szene sollte beim Zuschauer den Eindruck hinterlassen, als sei sie in diesem Moment auf der Bühne entstanden, als sei den Akteuren die Pointe in dem Augenblick eingefallen, in dem sie ausgesprochen wird.

DIE BÜHNE sollte bei Kabarett-Aufführungen möglichst nicht fehlen. Mit wenigen Mitteln lassen sich in einem bühnenlosen Saal oftmals jene Bretter, die die Welt bedeuten, selbst zusammenzimmern. So gab zum Beispiel das Amateur-Kabarett „die kratzbürsten" sechs Vorstellungen auf Bierkästen, über die Dielenbretter vernagelt waren. In der Regel reicht eine Bühne von fünf mal drei Metern.

REQUISITEN werden natürlich auch benötigt. In den meisten Fällen genügen aber Tisch und Stühle, denn Kabarett-Szenen sind keine Ausstattungs-Stücke. Welche Requisiten gebraucht werden, geht jeweils aus dem Text hervor (zum Beispiel Telefon, Notizblock usw.).

DIE AUFFÜHRUNG sollte gut vorbereitet sein und nicht länger als zwei Stunden inklusive einer Pause von reichlich fünfzehn Minuten dauern. Das Programm möchte sich von Szene zu Szene steigern. Die Akteure müssen beachten, daß sie bei Applaus oder Lachen eine Pause einlegen und nicht gleich weitersprechen, da sonst der Text vom Publikum nicht verstanden werden kann. Wichtig ist auch, daß der Aufführungs-Saal nicht zu groß ist (maximal 150 bis 200 Personen). Eine Verstärkeranlage ist nicht empfehlenswert, da durch Mikrophone das homogene Spiel gestört wird und zudem die Verbindung mit dem Publikum nicht so gut ist.

Und nun bleibt mir nur noch, allen aktiven Amateur-Kabarettisten „Hals- und Beinbruch" zu wünschen.

Rainer-Volker Larm

Verwaltung - bürgernah

(Szene spielt in dem Büro einer kommunalen Verwaltung. Akteure sind zwei Beamte und ein Bürger, der seinen Paß verlängern möchte.)

Bürger *(betritt das Büro, in dem der Beamte I sitzt und frühstückt)*: Guten Tag!

Beamter *(gibt keine Antwort, kaut ruhig sein Brot weiter)*

Bürger: Ich sagte ‚Guten Tag'!

Beamter I *(kauend)*: Ich hab's gehört. Aber Sie sehen doch, daß ich esse. Und es wäre ja unhöflich, mit vollem Mund zu sprechen! *(Kaut weiter, bis er fertig ist und setzt dann hinzu)* Guten Tag!

Bürger: Guten Tag.

Beamter I: Wollen Sie überhaupt zu mir?

Bürger *(überrascht)*: Sie sind doch Herr Meier? Es stand jedenfalls an der Tür!

Beamter I: Was an der Tür steht, stimmt schon. Aber ich bin nicht Herr Meier. Ich mache hier nur meine Brotzeit!

Bürger: Und wo treffe ich Herrn Meier?

Beamter I: Auch hier!

Bürger *(sieht sich im Raum um)*: Aber ich sehe hier nirgendwo einen zweiten Herrn ...

Beamter I: Ach so! Der kommt gleich erst. Der sitzt in meinem Büro und macht Brotzeit. Und wenn er fertig ist, kommt er wieder in sein Büro.

Bürger *(sichtlich überrascht)*: Ja, warum frühstückt er denn nicht in seinem Büro?

Beamter I: Weil ich hier frühstücke, wie Sie sehen!

Bürger: Und warum frühstücken Sie nicht in Ihrem Büro?

Beamter I: Das habe ich Ihnen doch erklärt: Weil Herr Meier in meinem ...

Bürger *(unterbricht ihn)*: Das habe ich wohl begriffen, aber warum frühstückt denn nicht jeder in seinem Büro?

Beamter I: Ganz einfach! Damit wir während der Brotzeit nicht von Leuten wie Ihnen gestört werden ...

Bürger: Aber ich störe Sie doch jetzt!

Beamter I: Das stimmt nicht: Mich können Sie schon deshalb nicht stören, weil ich mit Ihrer Angelegenheit nichts zu tun habe, sondern Herr Meier. Und meinen Kollegen kann auch niemand stören, weil die, die in mein Büro kommen, wo er jetzt sitzt, nichts von ihm, sondern von mir wollen. Ist das klar?

Bürger: Das ist mir ein bißchen zu kompliziert ...

Beamter I: Das macht nichts. Wenn Sie erst einmal einige Jahre in der Verwaltung gearbeitet haben, dann verstehen Sie das auch. Ich muß jetzt in mein Büro! *(Packt Butterbrote zusammen. Beamter II kommt herein)* Aha, da ist ja auch schon mein Kollege. Auf Wiedersehen! *(Tritt ab)*

Beamter II *(zu Bürger)*: Sie wollen zu mir?

Bürger: Wenn Sie Herr Meier sind, dann ja!

Beamter II: Ich bin zwar Herr Meier, aber dennoch ist es eine Frage, ob Sie zu mir wollen. Ich bin nämlich Meier 1, und wir haben Meiers bis zur Nummer 7!

Bürger: Der Auskunftsbeamte sagte mir, ich müsse in meiner Angelegenheit zu Herrn Meier.

Beamter II: Der ist immer so ungenau. Suchen Sie eine Sozialwohnung?

Bürger *(überrascht):* Nein.

Beamter II: Dann scheidet Meier 6 schon aus. Wollen Sie Wohngeld beantragen?

Bürger: Nein.

Beamter II: Dann scheidet Meier 7 auch aus. Wollen Sie vielleicht eine neue Lohnsteuerkarte?

Bürger: Nein!

Beamter II: Dann scheidet Meier 5 auch aus. Wollen Sie ...

Bürger *(unterbricht ihn):* Vielleicht versuchen wir es einmal umgekehrt. Ich möchte meinen Reisepaß verlängern lassen. Bin ich da bei Ihnen richtig?

Beamter II *(schaut auf ein Telefonverzeichnis):* Reisepaßverlängerung? Moment! Meier 4 macht das nicht. Meier 3 auch nicht. Meier 2 ist in Urlaub – *(zum Bürger)* da sind Sie bei mir richtig!

Bürger: Das ist ja herrlich. Soweit sind wir also! Hier ist mein Paß. Drücken Sie bitte den Stempel hinein – und schon sind wir fertig!

Beamter II: So schnell geht das nun auch wiederum nicht. Erst einmal müssen Sie dieses Formular ausfüllen. *(Reicht Bürger einen Bogen.)*

Bürger *(sieht das Blatt an):* Ein solches Formular habe ich doch schon bei der Beantragung des Passes ausgefüllt.

Beamter II: Das macht nichts, jetzt müssen Sie es noch einmal ausfüllen. Ihren Personalausweis haben Sie auch dabei?

Bürger: Ja, den habe ich.

Beamter II: Und auch Ihr Familienstammbuch?

Bürger *(verständnislos)*: Nein!

Beamter II: Dann aber wenigstens Ihre Geburtsurkunde?

Bürger: Wieso brauchen Sie das Familienstammbuch oder eine Geburtsurkunde?

Beamter II: Damit ich Ihre Angaben auf dem Formular überprüfen kann.

Bürger: Das können Sie ja mit dem Reisepaß!

Beamter II: Den wollen Sie doch verlängert haben, also ist er zur Zeit ungültig. Und mit ungültigen Dokumenten kann ich nichts überprüfen!

Bürger: Es fehlt doch nur ein Stempel! Sonst stimmt doch alles . . .

Beamter II: Das muß ich eben überprüfen. Und dazu brauche ich Ihren Personalausweis und das Familienstammbuch.

Bürger: Da komme ich nicht mehr mit!

Beamter II: Und dabei ist das so einfach.

Bürger: Sie könnten doch aber auch Ihren Kollegen vom Einwohnermeldeamt anrufen und sich dort die Angaben bestätigen lassen. Der hat doch meine Karteikarte!

Beamter II *(überlegend)*: Theoretisch wäre das möglich, aber praktisch geht das nicht. Denn der Kollege beim Einwohnermeldeamt ist Meier 2.

Bürger: Na und?

Beamter II: Meier 2 ist in Urlaub, ich sagte es schon.

Bürger: Der hat doch sicherlich einen Vertreter.

Beamter II: Ja –, aber der kennt sich im Alphabet nicht so aus. Ehe der Ihre Stammkarte gefunden hat, ist längst Feierabend!

Bürger *(ist es leid):* Dann komme ich morgen wieder!

Beamter II: Das geht nicht!

Bürger: Warum?

Beamter II: Morgen macht die Verwaltung einen Ausflug, da ist hier geschlossen.

Bürger: Dann komme ich übermorgen wieder.

Beamter II: Das geht auch nicht! Da hat die Stadtkasse zu, wo Sie die Gebührenmarke kaufen müssen.

Bürger: Ich brauche meinen Paß aber in drei Tagen, da will ich in Urlaub!

Beamter II: Da hätten Sie sich früher bemühen müssen. Wir brauchen ohnehin vierzehn Tage für eine Paßverlängerung!

Bürger *(entsetzt):* Vierzehn Tage dafür, daß Sie mir einen Stempel in meinen Paß drücken?

Beamter II: Ich darf ja gar nicht stempeln!

Bürger: Wer denn?

Beamter II: Stempeln darf nur Meier 2 – und der ist in Urlaub!

Bürger: Da wird doch sicherlich noch ein anderer Kollege die Befugnis haben, Dokumente abzustempeln. Oder müssen jetzt alle warten, bis Meier 2 wieder aus dem Urlaub zurückkommt?

Beamter II: Theoretisch nein, praktisch ja!

Bürger: Wie soll ich denn das verstehen?

Beamter II: Theoretisch könnte auch Meier 3 stempeln, aber praktisch nicht!

Bürger: Hat Meier 3 den rechten Arm gebrochen oder was?

Beamter II: Nein, Meier 2 hat versehentlich den Stempel in seinen Schreibtisch eingeschlossen. Und nun kommen wir da nicht dran ...

Bürger: Dann brechen Sie doch den Schreibtisch auf!

Beamter II: Um Himmels willen! Das wäre ja Beschädigung von Staatseigentum!

Bürger: Gibt es denn keine Zweitschlüssel?

Beamter II: Sicherlich gibt es die.

Bürger: Und warum wird der Schreibtisch dann nicht mit den Zweitschlüsseln aufgeschlossen?

Beamter II: Alle Zweitschlüssel hat Meier 2! Und wie oft soll ich Ihnen noch sagen, daß Meier 2 in Urlaub ist ...

Wer suchet, der findet

(Szene spielt in einem Abstellraum, der als „Appartement" vermietet werden soll. Akteure sind der Vermieter und der Mieter, der sich dieses „Appartement" ansieht.)

Vermieter: So, das ist das Appartement, das ich Ihnen vermieten könnte.

Mieter *(schockiert von der Rumpelkammer, leicht stotternd):* Das ist das – Appartement!?

Vermieter: Genau! Schön, nicht?

Mieter: Aber entschuldigen Sie, wo ist denn das Fenster?

Vermieter: Fenster? Wieso Fenster?

Mieter *(leicht stotternd):* Ja – ich sehe keines!

Vermieter: Wofür brauchen Sie denn ein Fenster im Appartement?

Mieter: Zum Rausschauen – zum Beispiel.

Vermieter: Ach so. *(Überlegt)* Sie könnten sich ja eins einbauen lassen – aber Sie sollten sich einmal die Vorteile eines Appartements ohne Fenster vor Augen halten!

Mieter: Vorteile?

Vermieter: Na, da entfällt das Fensterputzen. Zudem dringt der Straßenlärm nicht so rein, nicht . . .!?

Mieter *(ironisch):* Ah — ja!? — Und wo ist die Küche?

Vermieter: Also, die stelle ich mir hier vor: Kühlschrank, Herd — darüber Hängeschrank. Klein, aber fein . .

Mieter: Das lassen Sie doch einbauen!

Vermieter: Ich? Wieso? S i e wollen doch das Appartement mieten. Schließlich habe ich doch nicht annonciert, daß ich ein möbliertes Zimmer vermiete . . .

Mieter *(ironisch):* Ah — ja!? Und wo ist das Bad?

Vermieter: Also, die Toilette ist eine Treppe tiefer, samstags zwischen 18 und 19 Uhr steht Ihnen meine Badewanne zur Verfügung.

Mieter *(ironisch):* Ah — ja!? Und wie ist es mit der Heizung?

Vermieter: Also, sommertags ist es hier warm genug! Und im Winter heizt der Nachbar unter Ihnen ein bißchen stärker ein, dann reicht das . . .

Mieter: Das ist also die in der Anzeige erwähnte Fußbodenheizung!

Vermieter: Genau.

Mieter *(ironisch):* Ah — ja!? — Und wo ist der Wasseranschluß?

Vermieter: Auf dem Flur!

Mieter *(langsam ungeduldig werdend):* Normalerweise versteht man unter Appartement aber etwas anderes!

Vermieter: Normalerweise kostet so ein Appartement auch glatt das Dreifache an Miete!

Mieter *(interessiert):* Und wieviel Miete dachten Sie sich für dies *(umschauend)* — nette — Zimmer?

Vermieter: Das sind hier genau 25 Quadratmeter. Pro Quadratmeter zehn Mark. Dazu käme noch das Heizungsgeld von 50 Mark monatlich . . .

Mieter *(erstaunt)*: Heizungsgeld?

Vermieter: Ja, für die Fußbodenheizung!

Mieter *(ironisch)*: Ah – ja!?

Vermieter: . . . und dann noch einmal 40 Mark Benutzungsgebühr für meine Badewanne. Das sind 340 Mark monatlich.

Mieter: 340 Mark?

Vermieter: 340 Mark!

Mieter *(erbost)*: Für ein 25-Quadratmeter-Loch ohne Fenster, ohne Küche, ohne Bad und ohne Heizung? Was war das denn früher einmal für ein Raum?

Vermieter: Das war die Abstellkammer. Aber bei der herrschenden Wohnungsnot habe ich mich – sozial, wie ich nun mal bin – entschlossen, sie zu vermieten. Als Appartement.

Mieter: Schönes Appartement! Da schlafe ich lieber auf der Parkbank. Da bekomme ich wenigstens noch Luft!

Vermieter *(leicht böse)*: Wenn Sie den Raum nicht mieten wollen, dann lassen Sie es eben. Ich habe noch acht andere Interessenten!

Mieter: Dann nehmen Sie doch einen der acht anderen!

Vermieter: Wieso einen? Die nehme ich alle acht! Das sind doch Gastarbeiter . . .

O mode mio

(Vorzutragen von einer Dame.)

Die Mode kommt, die Mode geht,
es ist ganz gleich, ob sie dir steht,
du trägst ganz kurz, bis an den Po,
der Modeschöpfer will das so.
Sind auch die Beine kurz und dick,
du findest doch die Mode schick,
und dabei bildest du dir ein:
wie bin ich fein, wie bin ich fein!

Gelockt ist jetzt des Haares Pracht,
und sofort wird das nachgemacht,
du kommst dir vor wie die Loren,
wenn dir die Locken auch nicht stehn.
Gehst zum Friseur und hältst ganz still,
nur weil die Mode es so will,
und dabei bildest du dir ein:
wie bin ich fein, wie bin ich fein!

Die Modefarbe ist jetzt Schock,
darum trägst du 'nen roten Rock,
'ne gelbe Bluse auch dazu
und giftig-grüne Lederschuh,

und merkst noch nicht einmal dabei,
du ähnelst einem Papagei!
Doch dabei bildest du dir ein:
wie bin ich fein, wie bin ich fein!

Der letzte Schrei ist auch dein Hut,
du findest ihn besonders gut.
Ist das Make-up auch viel zu hell
und auch der Lippenstift zu grell,
du schmierst dir alles ins Gesicht
und steht es dir auch wirklich nicht.
Und dabei bildest du dir ein:
wie bin ich fein, wie bin ich fein!

In Freundeskreisen gibst du an:
„Was ich mir doch erlauben kann!"
Du machst den lieben Leuten vor:
„Ich trag nur Kleider von Dior!"
Warum gebrauchst du diese List,
und sagst nicht, wie es wirklich ist?
Die Garderobe, die ist ja
von C &A, von C & A!

Ente gut - alles gut

(Diese Szene spielt in einer Zeitungsredaktion, und zwar im Zimmer des Chefredakteurs des Boulevardblattes „Immer dabei". Neben dem Chefredakteur agiert ein Redakteur. Zudem wird ein Telefon benötigt.)

Chefredakteur *(zum Redakteur)*: Was haben wir denn Schönes für die morgige Ausgabe?

Redakteur: Es ist so gut wie nichts passiert.

Chefredakteur: So gut wie nichts ist gut! Es passiert immer etwas. Und wenn nicht, dann lassen wir was passieren. Sie sind wohl noch neu bei uns?

Redakteur: Ja, ich war vorher bei einer konservativen Zeitung.

Chefredakteur: Das ist schlimm! Da müssen Sie bei uns noch gewaltig umlernen. Also, was haben Sie erfahren?

Redakteur: Wie gesagt, nicht viel, aber vielleicht ließe sich daraus eine ganz nette Geschichte machen.

Chefredakteur: Dann schießen Sie mal los . . .

Redakteur: Ja also! Da hat das Gericht einem 21jährigen, unverheirateten und kinderlosen Mann ein Urteil zugestellt, aus dem hervorgeht, daß er seit fünf Jahren für seine drei Kinder nicht mehr aufgekommen ist. Das älteste Kind ist übrigens 15 Jahre alt! Er soll nun rund 7000 Mark Unterhalt nachzahlen und zudem ins Gefängnis. Tatsache ist, daß der 21jährige Mann den gleichen Namen wie der leibliche Vater der Kinder trägt, sonst aber nichts damit zu tun hat. Der plötzliche Kindersegen hat ihn glatt umgehauen ...

Chefredakteur: Herzschlag und tot?

Redakteur: Nein, er hat es verkraftet. Eine Herzattacke hatte lediglich seine Mutter, bei der er wohnte, und die von den drei Enkeln überrascht wurde ...

Chefredakteur: Und starb d i e wenigstens?

Redakteur: Nein, auch nicht. Es mußte nur ein Arzt kommen ...

Chefredakteur: Das ist doch alles nichts! Da müssen wir erst mal eine Geschichte draus machen. Etwa so: Falsches Urteil – Doppelpunkt – Herzschlag!

Redakteur: Aber es war doch nur eine Herzattacke!

Chefredakteur: Macht nichts! Was ist denn da schon der Unterschied? Eine Herzattacke kann doch sehr leicht zum Herzschlag führen. Also: Falsches Urteil – Doppelpunkt – Herzschlag!

Redakteur: Aber die Frau lebt doch noch!

Chefredakteur: Wir lassen sie sterben, sonst ist das doch keine Geschichte! – Und der falsche Vater, was machen wir mit dem? *(Überlegt)*

Redakteur: Den schicken Sie bestimmt in die Irrenanstalt ...

Chefredakteur: Nein, nein, die Mutter ist ja schon tot. Jetzt muß noch was Menschliches rein. Den lassen wir die Frau mit den drei Kindern, die nicht von ihm sind, heiraten. – Das ist was fürs Herz!

Redakteur: Der kennt doch weder Frau noch Kinder ...

Chefredakteur: Was macht das denn?! Zitieren Sie in Ihrem Bericht wörtlich. Etwa so: Der 21jährige Mann, zerbrochen an dem plötzlichen Tod seiner geliebten Mutter, gestand am Grabe dem ‚Immer dabei'-Reporter: „Jetzt werde ich diese Frau heiraten, um den Kindern, die ohnehin schon meinen Namen tragen, ein guter Vater zu sein!" – Und dann zitieren Sie auch den Richter, der das Urteil an die falsche Adresse geschickt hat!

Redakteur: Was soll ich dem denn in den Mund legen?

Chefredakteur: Irgend etwas hartes, was das Volk empört! – Übrigens, wieso hat der denn das Urteil an die falsche Adresse geschickt?

Redakteur: Ganz einfach! Der echte Vater war unbekannt verzogen, da hat er sich beim Einwohnermeldeamt erkundigt und erhielt die Adresse des namentlichen Doppelgängers ...

Chefredakteur: Aha! Aber das brauchen Sie nicht zu schreiben. Das ist zu kompliziert für unsere Leser. Sprechen Sie nur das Gemüt an. Nicht den Verstand ...
(Telefon klingelt, Chefredakteur greift zum Hörer)

Chefredakteur *(in Telefonmuschel):* Chefredakteur Bauernfänger! – Die Kripo? O. k., verbinden Sie. *(Pause)* Ja, hier Chefredakteur Bauernfänger. – Sie wissen nichts von unserem Totschlag? – Schlimm genug für Sie. – Muß denn stets ‚Immer dabei' erst die Kapitalverbrechen aufklären? Aber ich sage ja immer: Was wäre die Kripo ohne uns! – Wo der Totschlag geschah? Lesen Sie doch ‚Immer dabei'! Glauben Sie vielleicht, wir geben Ihnen da Schützenhilfe? Sehen Sie doch zu, wie Sie an diesen Totschlag kommen! *(Legt den Hörer auf)*

	Als wenn wir das von der Kripo aufklären lassen. Das machen wir selber. Was war denn das eigentlich für ein Totschlag?
Redakteur:	Das war die alte Frau am Zebrastreifen!
Chefredakteur:	Und wer hat die totgeschlagen?
Redakteur:	Sie!
Chefredakteur	*(entrüstet)*: Wieso ich?
Redakteur:	Na, gestern war doch auch nichts los, außer daß eine Oma auf dem Zebrastreifen hingefallen ist und beinahe angefahren wurde. Und Sie haben dann daraus die Story gemacht: Rentnerin von Rockern zusammengeschlagen. Der Tod kam auf dem Zebrastreifen.
Chefredakteur:	Und was ist der Oma wirklich passiert?
Redakteur:	Nichts! Sie ist nach dem Sturz aufgestanden und weitergegangen.
Chefredakteur:	Das ist ja fabelhaft. Da haben wir ja noch eine herrliche Geschichte. Schreiben Sie: Polizei sucht Leiche. Rocker ließen Tote verschwinden . . .

Was Frauen wünschen

(Ein Zwei-Personen-Stück; es spielt ein junges Ehepaar. Der Mann ist grade von der Bundeswehr entlassen worden. Bühnenausstattung: Ein Sofa oder zwei Sessel. Wenn der Vorhang aufgeht, liest die Frau ein Aufklärungsbuch. Hinter der Bühne hört man den Mann bereits singen. Er ist ziemlich angeheitert und betritt mit einem Reservistenstrohhut die Bühne.)

Mann *(singt hinter der Bühne):* Zu Haus' angekommen, das Schwesterlein spricht: „Wen hast du geliebet ein Jahr beim Kommiß?" – „Frau Hauptmann und Frau Leutnant, die Frau vom Spieß dazu ja noch dazu." Da kann man nur sagen: Reserve hat Ruh! *(Tritt mit dem letzten Vers auf die Bühne)*

Frau: Du schmeckst mir schon wieder! Kaum vom Barras entlassen, sofort wieder blau!

Mann: Ich weiß gar nicht, was du hast!? Ich bin doch wieder ein normaler Bürger!

Frau: Normaler Bürger? Besoffen bist du!

Mann *(zum Publikum):* Was sag ich? Mein Weib ist gar nicht so dumm, wie sie – hick – wie sie – na, Sie wissen schon ...

Frau: Das seh sich einer mal an. Kaum dem Drill entronnen, wieder blau! Und dazu noch unanständige Lieder.

Mann: Wieso unanständig? Das ist doch nicht unanständig, das Lied von der Frau Hauptmann, das ist doch normal.

Frau: Was? Normal soll das sein? Mit mir bist du verheiratet – und nicht mit der Frau Major!

Mann: Das hast du gesagt, das mit der Frau Major. Nicht ich! Von der Frau Major habe ich gar nichts gesagt.

Frau: Das kommt ja auf dasselbe raus!

Mann: Da kennst du aber nichts von innerer Führung.

Frau: Wenn du das innere Führung nennst, hast du eben keine Ahnung! Du solltest dich einmal aufklären lassen.

Mann: Um Himmelswillen – ich habe die Nase voll von Luftaufklärung.

Frau: Was ist das denn, Luftaufklärung?

Mann: Kennst du das nicht? – Sagte die Frau vom Spieß immer: Schau mal nach, ob die Luft auch rein ist . . .

Frau: Aber die Aufklärung meine ich doch gar nicht. Du solltest dich mal aufklären lassen über eheliche Treue und Pflichten.

Mann: Von Pflichten habe ich die Nase voll.

Frau: Kannst dir das aber ruhig einmal durchlesen *(zeigt auf das Aufklärungsbuch)*. Da gibt es ganz interessante Dinge, ja, es gibt sogar Vorschriften.

Mann: Hör mir auf mit Vorschriften. Kann ich nicht mehr hören: ZdV drei Strich lustig – et cetera pi-pi!

Frau: Pfui – schäme dich!

Mann: Wieso schämen? Das ist griechisch.

Frau *(sinnend)*: Ja, die alten Griechen, die wußten noch was von ehelichen Pflichten. Die hatten sogar Gesetze. Kannst du alles nachlesen. Bei Prof. Klugschiß. Dreimal in der Woche ist Norm.

Mann: Stimmt! Jede Woche waren wir dreimal draußen. Infantrie-Geschlechtsausbildung. Rin in die Kartoffeln, raus aus den Kartoffeln!

Frau: Mann, was bist du doch besoffen. Du bist ja zu nichts mehr fähig! Und so etwas ist schädlich – sagt Prof. Klugschiß!

Mann: Was hast du nur immer mit deinem Prof. Klugschiß? Hat der gedient – wat?

Frau: Aber er könnte dir dienen. Mußt nur mal seine Berichte lesen oder seine Filme sehen. Ach, der spricht den Frauen so recht von der Seele.

Mann: Ach so, das ist einer von der CDU!

Frau: Nein, aber der weiß, was Frauen wünschen!

Mann: Wie, ist das der alte Bauknecht?

Frau: Du hast ja keine Ahnung! Du kennst nur etwas vom Saufen. Von den intimen Wünschen einer Frau verstehst du nichts. Aber das sagt Prof. Klugschiß ja auch: Die Männer sind alle egoistisch.

Mann: So ein Vaterlandsverräter!

Frau: Und davon, was eine Frau möchte, weißt du auch nichts. Ihr Männer seid eben nicht zur wahren Liebe fähig.

Mann: Sagt das der Prof. Klugschiß?

Frau: Jawohl, er sagt auch, daß viele Ehen kaputtgehen, weil der Mann die Frau nicht versteht.

Mann: Und das sagt alles der Prof. Klugschiß?

Frau: Nicht nur der, auch die Quick, der Stern, das Grüne Blatt, das Neue Blatt, die Neue Revue – aber das interessiert dich ja sowieso nicht.

Mann: Doch doch, ich frage mich nur, woher die das alles wissen.

Frau: Ich sagte doch schon: Da gibt es eben Vorschriften und Regeln, wie man zu lieben hat.

Mann: Und das steht alles in den Illustrierten?

Frau: Natürlich!

Mann *(steht auf und geht):* Ich gehe zurück zur Bundeswehr!

Frau: Warum das denn?

Mann: Drill kann ich da auch haben!

Manager-Los

(Ein Drei-Personen-Stück, gespielt von einem Generaldirektor, seiner Sekretärin und dem Bewerber um einen Direktor-Posten. Die Szene spielt im Büro des Generaldirektors.)

Generaldirektor	*(zu Bewerber):* Sie haben sich also um die Stelle des Direktors unseres Zweigwerkes beworben?
Bewerber:	Jawohl. Ich bin Ihr Mann: Jung, dynamisch, zielstrebig, alter Hase, Fachmann im Management, erfolggewöhnt ...
Generaldirektor:	Langsam, langsam. Ich suche nur jemanden, der arbeiten kann ...
Bewerber:	Da sollten Sie mich mal erleben ...
Generaldirektor	*(unterbricht):* ... und jemanden, der gesund ist. Wie ist Ihr Blutdruck?
Bewerber	*(sichtlich verwirrt):* Normal!
Generaldirektor:	Was heißt hier normal? Ich will wissen, w i e normal er ist!
Bewerber:	130!

Generaldirektor: Na, das ist doch was! Ihr Vorgänger hatte schon 140 als er anfing. Und der Puls?

Bewerber: 70!

Generaldirektor: Zeigen Sie mal Ihren Arm. *(Mißt den Puls)* Stimmt. Den Blutdruck mißt gleich noch meine Sekretärin nach . . .

Bewerber *(immer noch verwirrt):* Aha!

Generaldirektor: Und die Lunge?

Bewerber: In Ordnung!

Generaldirektor: Ihr Herz?

Bewerber: Fehlerlos.

Generaldirektor: Sonstige Beschwerden?

Bewerber: Keine!

Generaldirektor: Welche Krankheiten haben Sie schon durchgemacht?

Bewerber *(faßt sich ein Herz):* Entschuldigen Sie, Herr Generaldirektor, bin ich hier wirklich in der Firma Nüskel & Nüskel?

Generaldirektor *(erstaunt):* Warum fragen Sie?

Bewerber: Ich komme mir vor wie auf dem Gesundheitsamt . . .

Generaldirektor *(tröstend):* Nein, nein, Sie sind hier schon richtig. Unsere Fragerei ist eine reine Vorsichtsmaßnahme. Schließlich wollen wir nicht jemanden auf den Direktor-Stuhl setzen, der schon bei einer Kleinigkeit einen Herzanfall bekommt. Also: Krankheiten?

Bewerber: Nur als Kind!

Generaldirektor: Welche?

Bewerber: Masern, Scharlach, Röteln, Ziegenpeter, Husten, Schnupfen, Heiserkeit ...

Generaldirektor: Schon beim Psychiater gewesen?

Bewerber: Ist das Voraussetzung für die Position?

Generaldirektor: Sie wissen, was Sie erwartet?

Bewerber: Ja, ein Jahresgehalt von 60 000 Mark zuzüglich Gewinnbeteiligung ...

Generaldirektor *(als hätte er die Antwort nicht gehört, streng):* Sie wissen, was Sie erwartet?

Bewerber: Arbeit, nehme ich an.

Generaldirektor: Viel Arbeit, junger Mann! Viel Arbeit! Sind Sie verheiratet?

Bewerber: Ja!

Generaldirektor: Dann empfehle ich Ihnen, sich gleich scheiden zu lassen!

Bewerber: Warum denn das?

Generaldirektor: Alte Erfahrung! In dem Job haben Sie ohnehin keine Zeit mehr für Ihre Frau. Die gehen dann meist fremd und schon geht der Tratsch durch die Firma. Und Sie wollen doch den Job, oder?

Bewerber: Natürlich, Herr Generaldirektor!

Generaldirektor: O. k., dann sind Sie eingestellt. Und wenn Sie jetzt rausgehen, schicken Sie mir noch meine Sekretärin rein ...

Bewerber: Auf Wiedersehen! *(Geht ab)*

Generaldirektor: Ja, auf Wiedersehen.

Sekretärin *(kommt rein):* Ja, Herr Generaldirektor?

Generaldirektor: Schauen Sie doch gleich mal in der Lebenserwartungstabelle nach: Puls 70, Blutdruck 130, Alter 35, noch verheiratet ...

Sekretärin *(schaut in einem Büchlein nach)*: Hier! Lebenserwartung als Direktor unseres Zweigwerkes bei den von Ihnen genannten Angaben: Siebzehn Monate von Arbeitsantritt an!

Generaldirektor: Siebzehn Monate? Na, immerhin etwas! Aber entwerfen Sie schon gleich mal den Nachruf und die Anzeigen für den Nachfolger. Sie wissen ja schon, so wie immer ...

(Tür geht auf, Bewerber kommt noch einmal herein)

Bewerber: Ich habe noch eine Frage, Herr Generaldirektor. Was ist eigentlich aus meinem Vorgänger geworden?

Generaldirektor: Der ist gestorben, schon nach vierzehn Monaten. An Streß! Aber ich würde mir an Ihrer Stelle da keine zu großen Sorgen machen. Sein Blutdruck lag um zehn höher und der Puls ging auch schneller. Sie halten das bestimmt drei Monate länger aus ...

Der Pro-millionär

(Vorzutragen von einem Herrn)

Ein Prickeln im Rücken, ein Fuß im Gefängnis –
wie nah ist uns allen doch stets das Verhängnis!
Man fühlt sich wie James mit der Zahl 007
und braucht nicht einmal zehn Frauen zu lieben.
Man trinkt nur zwölf Schnäpse und dazu paar Bier,
dann geht's Ihnen so wie ich's schildere hier:

Es war vorige Woche – so etwa um drei,
ich kam von Marianne. Doch das ist einerlei.
War voll wie ein Faß und dick wie ein Stier
und hatte noch immer Brand auf ein Bier.
Ich setzte mich in den Wagen und wollte nach Hause,
doch wie ich so um die Ecke brause,
da seh ich Polente mit bleichem Gesicht.
Der eine war schlottrig als hätt' er die Gicht.
Ich denke mir: Mann, die wollen dich fangen,
und wenn die das schaffen, dann bist du am Hangen!

Ich schaue zum Tacho – es waren nur 80.
Ich denke schon: Die Sache, die macht sich.

Da fällt mir ein: Du bist ja blau!
Und hinten am Wagen steht: „Denk an die Frau!"
So dachte ich nach und kam zu dem Schluß:
Das nächste Mal nimmste lieber den Bus.

Doch das half jetzt wenig! Es schlottern die Beine –
ich fühlte nach: Es waren meine.
Vielleicht – so sagte ich weiter zu mir –
wenn ich die einlade, trinken die mit mir ein Bier.
Ich steige vom Gas und hab' ne Idee:
Ich sag' denen, ich komme vom Polizeichef a. D.!
Doch auch das wird nichts nützen mit 2,8 Promill,
wenn der Kerl da heute noch Blut sehen will.

Das Rotlicht flammt auf, ich latsch' auf die Bremse,
verlasse den Wagen leichtfüßig wie eine Gemse.
Ich sage mir: Sei freundlich und souverän,
dann sieht der sich schon als Polizeikapitän
und riecht nicht die Fahne – denn Drops half da wenig.
Ich trat auf, als sei ich irgendein König,
obwohl ich zitterte. Die Hände waren kalt.
Vom Rücken lief der Schweiß. Ich dachte: Du wirst alt.
Der Polizist nahm Haltung an, kommt auf mich zu.
Er schnuppert – und dann soll ich pusten im Nu.
Na – ich hole tief Luft, der kommt noch ein Stück ran,
und ich fing dann kräftig zu blasen an.
Da wird der Kerl rot –
und dann blau – und ging tot . . .

Und die Moral von der Geschicht:
Polizisten die nichts trinken, die vertragen das nicht!

Rot tut not

(Eine Szene für zwei, drei oder auch vier Personen)

1. Person: Wer kann mir sagen, was Sozialismus ist?

2. Person: Sozialismus ist ... Sozialismus ist ...

3. Person *(einfallend)*: ... wenn eben alles sozial ist!

4. Person: Ich glaube, das ist keine Antwort ‚Wenn eben alles sozial ist.' Das ist doch ein bißchen vage umschrieben!

1. Person: Das hieße also: Wenn der Staat für jede Krankheit zahlt, dann hätten wir den Sozialismus!

2. Person: Nein, dann hätten wir Kapitalismus!

1. Person: Das verstehe ich nicht!

2. Person: Das ist doch ganz einfach: Wenn der Staat für alle Krankheiten zahlen würde, dann würden noch viel mehr Leute krank – oder wenigstens so tun als ob! Dann brauchten wir mehr Krankenhäuser, mehr Krankenbetten, mehr Medikamente. Und daran würden verdienen: die Bauunternehmen, die Bettenindustrie, die pharmazeutischen Betriebe ... Und prompt hätten wir Kapitalisten ...

3. Person: Warum fordern denn dann so viele den Sozialismus?

4. Person: Das meinen die ja nur ideologisch . . .

3. Person: Was ist denn das schon wieder?

4. Person: Ideologisch? Nun, denen schwebt das so im Geiste vor!

3. Person: Und da sage noch einer, Sozialismus hätte nichts mit Geist zu tun!

1. Person: Wenn wir hier nun diesen Sozialismus hätten, dann wären wir doch sicher alle gleichgeschaltet?!

2. Person: Nicht unbedingt! Denn dann muß es ja einen oder mehrere geben, die überprüfen, daß alle gleichgeschaltet sind. Und schon hätten wir wieder eine herrschende Kaste!

3. Person: Was ich so vom Sozialismus weiß – so schlecht ist der gar nicht!

4. Person: Wenigstens so, wie er in der Literatur beschrieben ist.

1. Person: Was würde sich dann nicht alles ändern – so unsere sämtlichen Lebensgewohnheiten. Unser ganzes Leben und alles drum und dran!

2. Person: Keine Angst, der Mond bleibt weiß und wird nicht rot, nur weil der im Osten aufgeht . . .

3. Person: Aber das Leben so von Mensch zu Mensch ändert sich doch sicherlich . . .

1. Person: Jetzt sprichst du von der sozialistischen Liebe!

4. Person: Heute hat man noch eine Illustrierte neben dem Bett liegen – und dann die Mao-Bibel!

2. Person: . . . und da steht auch was drin von Soll-Erfüllung . . .

3. Person: In manchen Ländern wird doch schon Sozialismus praktiziert!

1. Person: Das glauben die doch selbst nicht!

2. Person: Doch! Jeder Mensch hat dort gleichstarke Wadenmuskeln vom langen Anstehen nach allen möglichen Sachen, die es nicht genügend auf dem Markt gibt!

3. Person: Das finde ich aber reichlich übertrieben! In diesen Ländern gibt es doch auch Leute, die haben es nicht mehr nötig, anzustehen!

4. Person: Das ist ja das große Problem dort: Wie man die auch noch zum Anstehen bringen kann. – Totaler Sozialismus!

2. Person: Was haltet ihr eigentlich von der sozialistischen Wirtschaft?

3. Person: Die haben wir doch schon: Zur roten Laterne!

2. Person: Ich meine doch nicht die Kneipen, sondern die Industrie und so ...

1. Person: Natürlich hat es etwas für sich, wenn alle Betriebe verstaatlicht wären. Jeder hätte gleiche Rechte. Niemand brauchte mehr darum zu kämpfen ...

3. Person: Kämpft denn bei uns einer echt darum? Außer auf Parteitagen?

2. Person: Gewerkschaften wären überflüssig ...

4. Person: Das sagt man heute auch schon!

1. Person: Diese Fünf- und Zehn-Jahres-Pläne hätten auch bei uns etwas Gutes. Besonders für die verschiedenen Parlamente. Dann müßten die das machen, was sie angekündigt haben!

3. Person: Ich habe allerdings noch nicht erlebt, daß diese Pläne in den sozialistischen Ländern erfüllt worden wären!

2. Person: Allerdings hat bei uns auch noch kein Parlament das erreicht, was es zu Beginn der Legislaturperiode versprochen hat.

1. Person: Wir kommen aber vom Thema ab: Was ist denn nun Sozialismus?

4. Person: Die Antwort ist doch klar gegeben!

3. Person: Das dürfte wohl nicht ganz stimmen!

4. Person: Natürlich: Sozialismus ist eine Fülle von Dingen, die sich schön anhören, über die man sprechen kann, die aber wohl nie verwirklicht werden können.

2. Person: Es sei denn – mit der eisernen Hand der Diktatur!

3. Person: Moment mal! Soviel ich weiß, vertragen sich doch Sozialismus und Diktatur überhaupt nicht!

1. Person: Eben!

Warum sind sie gegen uns?

(Diese Szene spielt in einem Wohnzimmer, Akteure sind der Ehemann — ein begeisterter Fußballanhänger — und seine Ehefrau.)

Er *(geht wütend im Zimmer auf und ab):* Das ist eine bodenlose Frechheit, eine Riesenschweinerei ist das! Da hat man nun Jahre, ja Jahrzehnte treu und brav Sonntag für Sonntag seinen Obulus entrichtet. Und dann das!

Sie *(kommt auf die Bühne):* Hör mal, Männe . . .

Er: Ach, quatsch mir nicht dazwischen. Da hast du keine Ahnung davon, hast du nicht. Ich habe ja immer gesagt, daß diese hinterlistigen Kreaturen uns den Erfolg nicht gönnen. Da steht ein Fußballverein nun mal so gut — und dann so etwas!

Sie: Ich wollte . . .

Er: Du wolltest . . . du wolltest . . . alle wollen uns was — mir, der immer treu zur Stange gehalten hat. Aber das ist nun mal der Lauf der Welt. Undank ist der Welten Lohn! Damals, als es meinem Verein dreckig ging, da hat sich niemand um ihn gekümmert, was aus ihm wurde. Da hat man ihn hängen lassen. Nur unsere Energie, unsere Standfestigkeit und unser persönliches Opfer — jawohl, unser persönliches Opfer — hat ihn vor dem Untergang bewahrt, ja, hat ihn zu neuer Blüte emporgebracht.

Sie: Aber . .

Er: Nichts aber . . . Abertausende haben zusammengehalten, damals, als man unserem Verein an den Wurzeln nagte! Und nun, wo wir zu einem Höhenflug ansetzen, da fällt man uns in den Rücken. Neid ist das, purer Neid. Aber laß sie nur kommen. Wir werden uns zu wehren wissen.

Sie: So hör doch . . .

Er: Hör doch . . . hör doch . . . Alle Welt soll es hören, wer meinem Verein was will, der kriegt es mit mir zu tun. Einfach lächerlich, nur weil man einem kleinen Verein geholfen haben soll! Und dabei redet alle Welt davon, tolerant zu sein, dem Nachbarn zu helfen. Und wenn man wirklich hilft — rums, sind die Neider da, die Verleugner, die Schmarotzer . . .

Sie: Aber es ist doch . . .

Er: Nein, nichts ist. Nichts ist bewiesen, gar nichts. Und wenn schon, alle können sie ja nicht bestrafen. Soll doch keiner sagen, er hätte keinen Dreck am Stecken. Alle haben sie gemauschelt. Nur uns will man hängen. Weil sie neidisch sind, weil wir ihnen die Zuschauer wegnehmen. — Ich meine, klare Linie muß sein. Wer Mist baut, muß raus. Ganz klarer Fall, aber warum will man gerade uns an die Wäsche. Haben wir nicht genug für den Fußball getan?! So geht's doch nicht, Kinder, man . . .

Sie: So hör doch, unser Sohn . . .

Er: Jawohl, dein Sohn ist auch so einer. Tutet mit den anderen ins gleiche Horn: Haltet den Fußball sauber! Was weiß der denn schon davon, außer, daß der Ball nicht eckig sein darf!? Hat der schon vor dem Detektorradio gesessen, nur um einen Bericht über seinen Verein zu hören?! Das habe ich gern, die Beine unter den Tisch stecken, sich ins gemachte Nest zu setzen und dann noch große Klappe haben. Ne feine Jugend ist das! Die kennen ja nichts davon, wie wir gelitten haben, damals in den Niederungen des Vereinslebens. Keine Ahnung hat er. Wie soll er auch, der hat ja so lange Haare, der hört und sieht ja nichts. Aber mitreden will er — das will er!

Sie: Aber unser Sohn hat wirklich ...

Er: Ja, die Wirklichkeit, die rauhe Wirklichkeit, die kennt er nicht, dein Herr Sohn. Wir haben noch unsere Tore selbst aufgestellt, sind mit dem Rad zu jedem Spiel gefahren. Und heute: Suff und Sex! Das nennen die Körperertüchtigung. Ich meine, gesoffen haben wir früher auch: Beim Sieg vor Freude, bei einer Niederlage aus Wut, beim Unentschieden aus beiden Gründen! Aber Sex! Dabei können die ja kaum bis drei zählen. Die große Klappe haben, über einen herfallen, wenn man uns die Lebensgrundlage entziehen will, das können sie!

Sie *(laut)*: Aber unser Sohn ist in der Schule sitzengeblieben!

Er *(brüllt)*: Was erzählst du mir das?! Ich habe jetzt wirklich andere Sorgen genug!

Schließlich ist man ja Mensch . . .

(Ein Zwei-Personen-Stück, gespielt von einem Polizisten und einem Autofahrer. Als Requisiten sind zwei Zeichnungen von Autofronten zu empfehlen, aber nicht unbedingt notwendig. Die Polizistenuniform kann durch ein Schild „Zivilstreife" ersetzt werden.)

Polizist *(notiert)*: . . . — DA - 38. 21.09 auf 21.10 tendierend. Platzverschwendend geparkt. . . . — AP - 616. 21.10 auf 21.11 Uhr tendierend. Zu dicht beim Parken aufgefahren. Macht zehn Mark. Damit steigt die heutige Einnahme auf 298 Mark. Also auf 300 tendierend . . .

Autofahrer *(kommt auf die Bühne)*: Guten Tag!

Polizist: Guten Tag. — Sind Sie der Besitzer dieses Fahrzeuges?

Autofahrer: Ja! Ist was?

Polizist: Das kann man wohl sagen. Sie haben platzverschwendend geparkt!

Autofahrer: Platzverschwendend geparkt? Was ist denn das für ein Delikt?

Polizist: Laut Bußgeldkatalog wird das platzverschwendende Parken unter Bußgeld gestellt. Macht fünf Mark plus fünf Mark für dienstliche Belehrung!

Autofahrer: Sie waren aber auch schon mal billiger!

Polizist: Und Sie scheinen zu den Autofahrern zu gehören, die sich noch nicht um den Bußgeldkatalog gekümmert haben. Wir haben uns da dem allgemeinen Preisauftrieb angeschlossen und die Bußgelder bis zu 50 Prozent angehoben. Auf 60 Prozent tendierend.

Autofahrer: Das ist aber wirklich fortschrittlich. Solche Quoten werden wir bald erreicht haben!

Polizist: Also mich hat das richtig gefreut. Früher konnten wir nur in 71 Fällen einschreiten. Der Bußgeldkatalog sieht aber 110 Delikte vor, für die wir kassieren können . . .

Autofahrer: Im Ausland fährt man billiger . . .

Polizist: Sagen Sie das nicht: Ich bedaure direkt, daß ich nicht im deutschen Ausland tätig bin. In Bayern können die Kollegen nämlich in 602 Fällen kassieren. Da sind wir doch richtig bescheiden, oder?

Autofahrer: In 602 Fällen? Na ja, irgendwie muß der Staat ja finanziert werden. – Aber wie ich Sie kenne, verstehen Sie auch aus den 110 Delikten genügend herauszuschlagen!

Polizist: Das können Sie glauben! Sehen Sie mal die Straße rauf! Sehen Sie die Kurve?

Autofahrer: Nein, welche Kurve?

Polizist: Sehen Sie, das ist es. Ich habe mir extra den Vermessungsplan besorgt und darauf sieht man ganz klar: Die Straße hat eine leichte Rechtskurve. Was meinen Sie, wieviel Geld ich hier schon kassiert habe für unterlassenes Blinken.

Autofahrer: 500 Mark?

Polizist: Auf 600 tendierend!

Autofahrer: Dann haben S i e ja keine Schwierigkeiten mit dem Bußgeldkatalog!

Polizist: Doch, hin und wieder mit der Auslegung!

Autofahrer: Wieso?

Polizist: Ja, schauen Sie zum Beispiel hier. Da steht: „Wer sich nicht rechts hält, kann je nachdem, wie weit er nach links tendiert, mit einem Bußgeld von 80 bis 100 Mark belegt werden." – Mein Kollege wollte deshalb schon mal nach Bonn und kassieren.

Autofahrer: Ich weiß nicht, ob das der richtige Weg gewesen wäre. Aber hier ist das Geld. Ich möchte meine Buße bezahlen!

Polizist: 20 Mark? Da kann ich nicht rausgeben. Aber ich mache Ihnen einen Vorschlag: Fahren Sie mit Ihrem Wagen noch über den Bürgersteig, dann stimmt es!

Autofahrer: Machen Sie das immer so?

Polizist: Oft. Erst vorhin habe ich wieder richtig Glück gehabt. Hat doch einer im Parkverbot seinen Wagen abgestellt. Ich mich daneben und genau auf die Uhr gesehen: eine Stunde – 20 Mark, zwei Sunden – 40 Mark ...

Autofahrer: Auf drei Stunden tendierend – 60 Mark ...

Polizist: Genau. Zu diesem Zeitpunkt wurde zwar grade fünfzig Meter weiter eine Oma überfallen und zusammengeschlagen ...

Autofahrer: ... aber Sie blieben am Wagen stehen?!

Polizist: Pflichterfüllt! Der Bursche wäre ja ohnehin weggelaufen. Aber schließlich habe ich ihn doch noch gekriegt ...

Autofahrer: Den Burschen!

Polizist: Nein, den Autofahrer! 80 Mark habe ich ihm wegen des Parkens im Parkverbot abgenommen. Dann half ich natürlich der Oma wieder auf die Beine.

Autofahrer: Ja, ja, irgendwie ist man ja Mensch ...

Was soll ich meiner Mami schreiben?

(Ein Zwei-Personen-Stück gespielt von einem Bundeswehr-Offizier und einem Soldaten. Die Handlung spielt im Dienstzimmer des Offiziers, der an einem Schreibtisch sitzt und liest. Es klopft an der Tür.)

Offizier: Herein!

Soldat *(tritt ein und grüßt militärisch)*: Schütze Gesäß bittet Herrn Hauptmann um Gehör!

Offizier: Rühren Sie! Bitte beeilen Sie sich. Sie sehen, ich bin beschäftigt! Wie sagten Sie doch, war Ihr Name?

Soldat: Schütze Gesäß, Herr Hauptmann!

Offizier: Da darf ich also mit Ihnen nicht barsch umgehen — hahaha!

Soldat *(weinerlich)*: Jetzt fangen Sie auch schon so an, Herr Hauptmann!

Offizier: Wie bitte? Wo bitte? Womit anfangen? Was ist das überhaupt für eine Art? *(Steigert sich)* Was fällt Ihnen ein, über meine Späße nicht zu lachen?

Soldat: So gefallen Sie mir schon viel besser, Herr Hauptmann!

Offizier: Ja, Herrgottsakra — kruzitürken — donnerkiel! Was wollen Sie überhaupt?

Soldat: Ich will nur gerecht behandelt werden!

Offizier: Da könnte ja jeder kommen! – Werden Sie denn so gestriezt?

Soldat: Nein, im Gegenteil! Mein Unteroffizier ist viel zu human. Was soll ich denn nur meiner Mami schreiben, wo mein Opa doch im Zweiten Weltkrieg Berufsoffizier war und ihr ans Herz gelegt hat, mich bei den Soldaten zum Mann erziehen zu lassen und so . . .

Offizier: Das interessiert mich aber sehr – von wegen „zu human"! Wie äußert sich das denn?

Soldat: Unteroffizier Meier schreit zu wenig. Und dabei hat mein Opa gesagt, bei der Wehrmacht müsse ein rauher Ton herrschen. Was soll ich denn nur meiner Mami schreiben, wo mein Opa doch Berufsoffizier im Zweiten Weltkrieg war . . .

Offizier: Hm, was sagt der Unteroffizier Meier denn?

Soldat: Saftheini, widerliche Wanze, ich werde Sie gleich in den Hintern treten! Das eine sage ich Sie, dann scheuch ich Ihnen! – Mehr nicht! – Und was soll ich denn nur meiner Mami schreiben, wo doch mein Opa Berufsoffizier bei der Wehrmacht . . .

Offizier: Schon gut, schon gut. Sind das alle Ihre Abneigungsgründe gegen Unteroffizier Meier?

Soldat: Nein! Er scheucht mich auch im Gelände zu wenig!

Offizier: Wie soll ich das verstehen?

Soldat: Er hat mich neulich durch eine Pfütze robben lassen.

Offizier: Na, und?

Soldat: Da waren aber zwei Pfützen! – Und was soll ich denn meiner Mami schreiben, wo mein Opa . . .

Offizier: Haben Sie denn schon den Flur mit einer Zahnbürste geschrubbt?

Soldat: Erst einmal, Herr Hauptmann, die Kompanie ist ja so groß, da kommt man so selten dran. Und was soll ich denn nur meiner Mami schreiben, wo doch mein Opa ...

Offizier: Sonstige Beschwerden?

Soldat: Jawohl, Herr Hauptmann! Noch nicht einmal im Starfighter durfte ich fliegen!

Offizier: Mann, seien Sie doch froh!

Soldat: Wieso? Man fühlt sich ja direkt zurückgesetzt, noch nie abgestürzt zu sein. Was soll ich denn nur meiner Mami schreiben, wo doch mein Opa ...

Offizier *(brüllend):* Ich glaube, bei Ihnen piept's! Sie Hornochse, Sie Karmuffel, Sie Pinscher! Ich lasse Sie gleich auf den Brustwarzen durchs Gelände robben! Kommen Sie mir nur noch einmal mit solchem Scheißdreck unter die Augen! Wenn Sie meinen, mit mir können Sie's machen, dann haben Sie den Richtigen vor sich, Sie Arschloch!

Soldat: Herrlich! Das kann ich endlich meiner Mami schreiben ...

Luftsprünge

(Ein Zwei-Personen-Stück, wird gespielt von einer Dame und einem Herrn. Die Dame sitzt hinter einem Flugschalter, der Herr kommt nach ihrem Telefongespräch in zerknitterter Kleidung und angetrunken auf die Bühne.)

Hosteß *(hebt Telefonhörer ab):* International Airlines, guten Tag! – Ja, Sie möchten einen Flug buchen? – Wohin bitte? – Montreal? – Ja, ja, natürlich über London. – Aber ich bitte Sie! – Kennen Sie denn unseren Werbeslogan noch nicht: Alle reden vom Entführen, wir nicht! – Alles klar: Für den 17. – Erster Klasse, natürlich! – Auf Wiederhören!

Fluggast *(angetrunken):* Schönsten guten Tag, meine liebe St – war – deß!

Hosteß: Sie irren! Nicht Stewardeß! Hosteß!

Fluggast: Nix Hoss! Bonanza ham se abgesetzt!

Hosteß: Sind Sie hierher gekommen, um mir das zu erzählen?!

Fluggast: Das waren noch Sachen! Mein Sohn hat wochenlang gebrüllt – nur weil se Bonanza abgesetzt haben! Aber schweifen Se nicht von's Thema ab.

Hosteß: Wer schweift denn ab? Was wünschen Sie denn eigentlich?

Fluggast: Was ich wünsche? Fliegen! Wohl neu in der Branche, was? Meinen Se, ich will Brötchen kaufen? Oder einzahlen: Mit fünf Mark sind Se dabei?

Hosteß: Also, kommen Sie doch bitte zur Sache! Wir haben sehr viel zu tun. Alle Welt will heute fliegen!

Fluggast: Das ist ja ne Wucht! Wenn alle fliegen woll'n, können se ja die Bundesbahn stillegen und das Geld von's Defizit innen Staatshaushalt stecken ...

Hosteß: Na, na! Von der Fliegerei lebt der Staat auch ganz schön. Da hat die Regierung ja ein Auge drauf ...

Fluggast: Ist ja ganz was Neues, daß die Regierung etwas vom Fliegen hält. Einige würde ich allerdings ganz gern fliegen sehen ...

Hosteß: Haben Sie schon konkrete Vorstellungen?

Fluggast: Wer von der Regierung fliegen soll? Aber sicher! Also erst einmal der ...

Hosteß *(fällt ins Wort)*: Nein, nein, wie und wohin Sie fliegen wollen.

Fluggast: Ach so, mich meinen Sie! Am liebsten auf Sie! Wissen Sie, Sie sind genau mein Typ!

Hosteß: Ich bin aber nicht vom Reinweicher-Dienst! Also, was haben Sie vor?

Fluggast: Zunächst will ich eine richtige Maschine – und nicht so ein Klapperding, das beim ersten Regen auseinanderfällt. Und dann will ich nicht entführt werden!

Hosteß: Sie werden bei uns nicht entführt! Darauf geben wir Garantie . . .

Fluggast: Und wie ist das mit dem Klappervogel?

Hosteß: Auch da machen Sie sich keine Sorgen! Wir haben nur erstklassiges Personal! Und unsere Maschinen sind bestens gewartet.

Fluggast: Machen Sie denn auch vor jedem Flug Gesichtskontrollen? Entführer links, Passagiere rechts raus?

Hosteß: Sie brauchen keinerlei Bedenken zu haben. Bei uns ist noch nie eine Maschine entführt worden. Unsere Sicherheitsmaßnahmen sind first-class!

Fluggast: Ja, erste Klasse möchte ich auch buchen!

Hosteß: Wenn ich Sie mir so betrachte – können Sie das denn überhaupt bezahlen?

Fluggast: Sie Schlingelin, Sie! Sie intonieren auf meinen Anzug! Sie spielen auf meine Kleidung an. Aber ich frage Sie: Wie würden Sie wohl aussehen, wenn Sie sechs Tage hintereinander kein Bett und kein Bad mehr gesehen haben?!

Hosteß: Wieso?

Fluggast: Vor sechs Tagen: Ich in die Maschine – entführt. Am zweiten Tag – andere Maschine – entführt. Am dritten Tag – nächste Maschine – entführt . . .

Hosteß *(fällt ins Wort):* Schon gut, schon gut! Bei uns können Sie da ganz sicher sein.

Fluggast: Sie sind ja auch meine letzte Hoffnung: Alle anderen Gesellschaften habe ich schon durch . . .

Hosteß: Dann lassen Sie sich mal von uns sicher fliegen. Wohin wollen Sie denn?

Fluggast: Nach Hause!

Hosteß: Nach sechs Tagen ist das ja auch kein Wunder. Aber gestatten Sie mir eine Frage. Ich weiß, es ist etwas indiskret von mir, aber wenn Sie doch sechs Tage unterwegs waren – wieso sind Sie dann – nun ja – so alkoholisiert?

Fluggast: Sie sind vielleicht drollig! Sechsmal haben die mich entführt, sechsmal haben wir die Befreiung gefeiert – da soll ich noch nüchtern sein?

Es wird wieder protestiert

(Dieses Ein-Mann-Stück kann ohne jede Dekoration gespielt werden. Die ständige Wiederholung „Sagen die Erwachsenen" sollte stets gleichmäßig und nebensächlich gesprochen werden.)

Es wird wieder protestiert. Und mit Tomaten geworfen. Und faulen Eiern.

Und es hagelt wieder Proteste der Erwachsenen gegen die Studenten.

Die sind noch zu grün zum Protestieren. Sagen die Erwachsenen.

Neulich sah ich den Personalausweis eines Studenten: Geboren am 7. August 19 . . ., stand darin. Also . . . Jahre alt, dieser Grünspecht.

Warum die Studenten eigentlich immer protestieren müssen? Fragen die Erwachsenen.

Die haben doch gar nichts mitgemacht. Keinen Krieg. Keine Inflation. Denen geht es zu gut. Sagen die Erwachsenen.

Nicht, daß sie für Hitler wären, den hätten sie ja schon immer abgelehnt. Sagen die Erwachsenen. Aber der hätte Ordnung geschaffen. Arbeitslager und so. Und überhaupt Arbeit. Die Studenten sollten lieber arbeiten. Sagen die Erwachsenen.

Nicht Zeitschriften verkaufen, sondern mit Schippe und Hacke. Zu unserer Zeit, sagen die Erwachsenen, hatten wir überhaupt keine Zeit zum Protestieren. Und überhaupt Protestieren. Das hat sowieso keinen Zweck. Sagen die Erwachsenen. Die da oben machen ja ohnehin das, was sie wollen.

Nee – sagen die Erwachsenen, von Politik haben wir die Nase voll. Wählen tun wir noch, weil das ja erste Bürgerpflicht ist – neben der Ruhe, versteht sich. Aber dann reicht es wohl in Sachen Politik.

Weil ja doch keiner auf den kleinen Mann hört.

Und dann noch mit Tomaten und Eiern werfen! Sagen die Erwachsenen. Die Leute haben ja keine Vorstellung, wie es früher einmal war.

Hungersnot und Hamsterei.

Da hätte mal jemand mit Tomaten und Eiern werfen sollen. Sagen die Erwachsenen und lassen das halbe Schnitzel stehen. Wissen Sie, meine Leber verträgt das Fett nicht so.

Unsere Jugend hat keine Vorbilder mehr. Sagen die Erwachsenen, klappen diskret das Heftchen mit den pornographischen Bildern zu und reichen es ihrem Nachbarn. Ein anständiger Friseur würde der Jugend auch nicht schaden. Sagen die Erwachsenen. Wenn wir die mit ihrer Mähne schon sehen. Es ist ja zum Haareausraufen. Sagen die Erwachsenen und jubeln jeden Samstag in der Bundesliga den Fußball-Beatles zu.

Und überhaupt: Was gehen uns die fremden Völker an. Sagen die Erwachsenen. Wir wollen doch froh sein, in einer Demokratie zu leben und Frieden zu haben. Und was die anderen machen, juckt uns noch lange nicht. Wenn irgendwo mal was passiert, braucht man ja nicht gleich bei uns auf die Barrikaden zu gehen. Sagen die Erwachsenen.

Solange es uns gut geht.

(Sprecher will von der Bühne gehen, hält dann aber inne und wendet sich noch einmal dem Publikum zu)

Übrigens: Die Studenten protestierten dagegen, daß wir hier immer fetter werden und auf dieser Welt jede Sekunde ein Mensch verhungert – nicht irgendwie stirbt – nein, verhungert! *(Beginnt nach kurzer Pause monoton im Sekundenrhythmus zu zählen)* Eins – zwei – drei – vier – fünf ... *(zählt beim Abgehen weiter bis er hinter der Bühne ist)*

Die Fußballbraut

(Von einer Dame zu singen auf die Melodie „Mariechen saß weinend im Garten ...")

Am Sonntag, da sitz ich am Ofen –
mein Männe ist nicht da,
er ist zum Sportplatz geloofen,
HSV gegen Borussia.
Da läßt er Aufbaustoffe,
und Holz wird nicht gehaut.
Und ich sitz zu Hause am Ofen
als arme Fußball-Braut.

Und ist das Spiel dann vorüber,
dann geht's erst richtig los.
An der Theke, da läßt mein Lieber
'ne ganze Stange Moos.
Da kippt er zwanzig Bierchen,
denkt nicht mehr an die Nier'n.
Und ich sitz zu Hause am Ofen
und kann dort ruhig erfrier'n!

Da wird dann ganz groß gequasselt,
was falsch war und was gut.
„Der hat den Ball doch vermasselt,
was man so einfach nicht tut!"
Der Schiedsrichter war besoffen,
der muß ans Telefon.
Und ich sitz zu Hause am Ofen
und kann selbst Kohlen hol'n.

Und kommt er dann auch mal wieder –
um zwei – und völlig blau,
da singt er schmutzige Lieder
und ruft beschwipst: Helau!
Er haut sich in sein Bette,
zieht die Decke über die Ohr'n.
Und ich mach dann jede Wette:
Sein Verein hat wieder verlor'n.

Bestselleritis

(Ein Zwei-Personen-Stück, gespielt von einem Mann und einer Frau. Der Mann verkörpert einen überheblichen Schriftsteller, die Frau eine Reporterin, die den Schriftsteller über seine Erfolge interviewt. Requisiten: Zwei Klubsessel und ein Rauchtisch)

Reporterin *(kommt außer Atem auf die Bühne gerannt):* Guten Tag, Herr Stroh! Ich freue mich sehr, daß Sie die Zeit gefunden haben, sich den Leserinnen unserer führenden Frauenzeitschrift in einem Interview zu stellen. Darf ich gleich beginnen?

Schriftsteller *(herablassend, überheblich, trotzdem aber der Reporterin Platz anbietend):* Ja, bitte!

Reporterin *(interessiert und während des Gesprächs mitschreibend):* Wann erschien Ihr erster Roman?

Schriftsteller *(überlegend, dann aber schwärmerisch):* 1947! Das war ein Roman! Da konnte man noch aus dem Vollen schöpfen, aus dem Miterlebten, aus dem Grausamen!

Reporterin: Und das wurde gleich ein Bestseller?

Schriftsteller *(zurückhaltend und angewidert):* Nein, nein, erst nach

Jahren, als die Bevölkerung wieder satt war und sich ohne Ekel an jene Zeit erinnern konnte.

Reporterin: Und dann?

Schriftsteller: Und dann? Dann ging es aufwärts, immer aufwärts. Der zweite Roman wurde ebenfalls ein Bestseller. Und dabei war er politischer Natur! Ich wollte darin mit dem korrupten Deutschland abrechnen. Ich deckte Zusammenhänge auf, ging hart mit führenden Politikern ins Gericht. *(Resignierend)* Aber die Wirkung blieb aus ...

Reporterin *(erstaunt):* Warum?

Schriftsteller: Weil diese Politiker die gesamte Auflage aufkauften.

Reporterin: Und Sie wurden dabei reich!

Schriftsteller: Ja! Der Kassierer meiner Bank drehte durch, nachdem er tagelang mein Geld gezählt hatte. *(Überlegend)* Dann wollte ich endlich ein Buch schreiben, das kein Bestseller werden sollte. Also zog ich zum Himalaja und schrieb eine Abhandlung über die Vegetation unter dem ewigen Eis.

Reporterin: Und das Buch viel dann auch durch?

Schriftsteller *(angewidert):* Bei meinem Pech, das ich habe, bekam ich dafür den Nobelpreis ...

Reporterin *(aufgeregt):* Himmlisch! Das wird meine Leserinnen aber freuen.

Schriftsteller *(auftauend):* Und dann schmiß ich mich auf das Sexuelle. Ich schrieb ein Buch mit dem Titel „Perverses Verhalten im Ehebett". Der Frauenverband erwirkte eine einstweilige Verfügung, das Buch wurde verboten. Jetzt verkaufe ich bereits die achte Auflage über den schwarzen Markt.

Reporterin *(entzückt):* Das ist ja wunderbar! Unsere Leserinnen werden sich bestimmt um das Buch reißen. Wo kann man es denn bekommen?

Schriftsteller: Wenden Sie sich an . . . *(flüstert ihr etwas zu)*. Ja, und danach schrieb ich ein Buch gegen die Kirche. Wurde auch ein Bestseller, da die Kirche es auf die „Schwarze Liste" setzte. Da dachte jeder, es wäre eine Schweinerei – und schon waren 300 000 Exemplare verkauft.

Reporterin: Nun hoffen Sie, daß Ihr neuestes Buch „Zur Hölle mit den Generälen" ebenfalls ein Bestseller wird?

Schriftsteller: Ich ahne bereits Schreckliches. Rechnen Sie doch nur einmal aus, wieviel Soldaten wir in der Bundeswehr haben. Die kaufen sich das Buch doch schon allein deshalb, um ihren Vorgesetzten zu ärgern.

Reporterin: Eine letzte Frage. – Was haben Sie für Pläne? Was erscheint als nächstes Buch von Star-Autor Stroh?

Schriftsteller *(schwärmerisch)*: Ja, ich denke da an ein Buch einmal ohne Sex, ohne Politik, kein Kitsch, nichts Zeitkritisches, kein Krimi . . .

Reporterin: Das kann ja dann aber höchstens ein Bundesbahn-Fahrplan werden.

Schriftsteller: Das spielt keine Rolle! Wenn mein Name darauf steht, stellen sich die Leute auch den Bundesbahn-Fahrplan in den Bücherschrank. – Reinsehen tut ja doch kaum einer!

Wenn einer eine Reise tut

(Szene spielt in einem spanischen Urlauber-Hotel. Akteure sind ein Urlauber, der mit seiner gebuchten Reise nicht zufrieden ist, und der Reiseleiter, der die Beschwerden gelassen entgegennimmt.)

Urlauber *(kommt schimpfend auf die Bühne):* Da reißt einem doch die Hutschnur! 900 Mark habe ich für diese Urlaubsreise bezahlt – und wo bin ich untergebracht? In dieser Bruchbude! Wo ist denn nur der Reiseleiter ...

Reiseleiter *(kommt auf die Bühne):* Ja, bitte?

Urlauber: Sie kommen mir gerade richtig. Da schreibt Ihre Firma in dem Reiseprospekt, sämtliche Hotel-Beschreibungen entsprächen der Wahrheit, man würde nichts verschönern und nichts verschweigen. Und dann diese Pleite hier! Das ist doch Betrug!! Aber das sage ich Ihnen: Mit mir können Sie das nicht machen ...

Reiseleiter: Nun beruhigen Sie sich doch erst einmal! Was ist denn los?

Urlauber: Was los ist? Der Teufel ist los! Ich werde Sie verklagen wegen Betruges!

Reiseleiter: Nun sagen Sie mir doch bitte erst einmal, welche Sorgen Sie haben. Ich als Ihr Reiseleiter von Exclusiv-Reisen und Co. werde bemüht sein, Ihnen in jeder Lage zu helfen ...

Urlauber: Das ist schon keine Lage mehr, das ist eine Blamage. Hier! Was steht in Ihrem Prospekt? Dieses Hotel – diese Bruchbude – sei das erste Haus am Platz. Und das soll korrekt sein? Sehen Sie mal das Hotel da drüben an! Das ist das erste Haus am Platz – und nicht diese billige Absteige!

Reiseleiter: Verzeihen Sie, aber das stimmt nicht. Das Hilton, auf das Sie zeigen, liegt nicht am Plaza del mercado! Plaza heißt Platz – und da liegt nur dieses Hotel. Folglich ist es das erste Haus am Platz. Zudem hat es die Hausnummer 1!

Urlauber: In welche Räuberhände bin ich da gefallen ...

Reiseleiter: Ich muß schon sehr bitten, mein Herr! Exclusiv-Reisen und Co. hat bisher noch alle Wünsche befriedigen können ...

Urlauber: Aber nicht den Wunsch, den ich mir nach Ihrer Hotelbeschreibung erfüllen wollte. Hier steht: Alle Zimmer mit Meeresblick. Ich sehe von meinem Zimmer aus kein Meer!

Reiseleiter: Ich leihe Ihnen gerne meinen Feldstecher, dann können Sie bei klarer Sicht das Meer sehen. Übrigens: Wenn Sie den Feldstecher erwerben möchten, macht Ihnen Exclusiv-Reisen und Co. gern ein Sonderangebot. Mit siebenfacher Vergrößerung kostet dieses Markenfabrikat nur ...

Urlauber *(unterbricht):* Lenken Sie nicht ab. Ich will keinen Feldstecher kaufen, sondern ich bin mit meinem Hotel nicht zufrieden. Hier steht weiter: Hotel in ruhiger Lage. Und was ist los? Nicht nur, daß hier jeden

Tag Markt vor dem Hotel ist; links neben dem Haus ist eine Diskothek, rechts neben dem Hotel eine Tanzbar, gegenüber noch eine Diskothek und hinter dem Haus ein Campingplatz. Das zusammengenommen gibt einen solchen Krach, daß Sie vor zwei Uhr am frühen Morgen kein Auge zumachen können. Und das nennen Sie ruhig?

Reiseleiter: Ich möchte Sie darauf aufmerksam machen, daß dieses Hotel das einzige ohne Nachtbar ist. Folglich ist dies das ruhigste Hotel, weil der Krach aus der eigenen Nachtbar entfällt. Sollten Sie aber dennoch Schlafschwierigkeiten haben, so bietet Ihnen Exclusiv-Reisen und Co. ein ausgezeichnetes Schlafmittel zu Sonderpreisen an. Das Mittel hilft . . .

Urlauber: Bleiben Sie mir mit Ihrem Gift vom Hals. Ich kippe ohnehin schon aus den Latschen. Nicht nur, daß die Lifts ständig defekt sind und man bis zum siebten Stock die Treppen steigen muß. Das Essen ist so dürftig, daß damit nicht einmal ein schlafender Beamter seinen Kalorienhaushalt ausreichend versorgen könnte . . .

Reiseleiter: Aber mein Herr! Sie haben doch schließlich ein Gesundheits-Hotel gebucht. Daß es hier wenig zu Essen gibt, steht doch in der Beschreibung. Hier: Alle Gäste fühlten sich nach dem Urlaub in diesem Hotel gesünder!

Urlauber: Das heißt also auf gut deutsch übersetzt: Alle haben abgenommen, weil das Essen so schlecht war . . .

Reiseleiter: Die Speisekarte ist auf Abmagerung eingestellt. Deshalb ist dieses Hotel auch so teuer. Sie wissen ja, was es kostet, zu Hause zu fasten . . .
Wenn Sie die Abmagerungskur nach Ihrem Urlaub fortsetzen wollen, dann empfiehlt Ihnen Exclusiv-

Reisen und Co. eine schmackhafte Wassersuppe ohne Kalorien. Bei Abnahme von 20 Paketen räumen wir Ihnen selbstverständlich einen Sonderpreis von . . .

Urlauber: Mein Gott, Sie sind ja schlimmer als die hiesigen Straßenhändler. Sorgen Sie lieber dafür, daß diese blöde Eisenbahn, die direkt hinter dem Hotel vorbeirattert, nicht ständig noch obendrein bimmelt! Das raubt einem ja den allerletzten Nerv. So etwas sollte auch in Ihrem Prospekt stehen . . .

Reiseleiter: Entschuldigen Sie, aber da muß ich Sie erneut verbessern! Das steht in der Beschreibung.

Urlauber: Wo denn? Ich habe nichts davon entdeckt!

Reiseleiter: Hier! Vom Hotel aus haben Sie eine ausgezeichnete Eisenbahnverbindung zur nächsten größeren Stadt . . . – Aber natürlich muß man auch Prospekte lesen können!

Urlauber: Das Gefühl habe ich auch. Vermutlich steht auch in irgendeinem Satz, daß man in diesem Hotel nur selten duschen kann, weil fast nie heißes Wasser aus der Leitung kommt, daß die Zimmer nur alle zwei Tage oberflächlich gesäubert werden, daß der weitläufige Strand nur mit dem Bus zu erreichen ist und zudem voll von Abfällen liegt, daß niemand im Hotel ein Wort deutsch spricht außer „Nix verstehen", daß der hoteleigene Tennisplatz fünf Kilometer vom Hotel entfernt liegt, daß . . .

Reiseleiter: Aber natürlich steht das alles in unserem sehr objektiven und nichts verschweigenden Reiseprospekt. Das ist gleich der erste Satz, formuliert von unserer Rechtsabteilung! Hier: Ein Urlaub mit Exclusiv-Reisen und Co. steckt immer voller Überraschungen . . .

Wir sind dagegen

(Ein Vier-Personen-Stück, das allerdings auch mit kleinerer Besetzung gespielt werden kann. Requisiten sind nicht erforderlich)

Alle *(schreiend):* Wir sind dagegen!

Erste Person *(empört):* So geht das nicht mehr weiter!

Zweite Person: Nein!

Dritte Person: Schluß damit!

Vierte Person *(dumm fragend):* Womit?

Erste Person *(entsetzt):* Hast du dir denn den Text nicht angesehen?

Vierte Person: Welchen Text?

Restliche Drei: Wir sind dagegen!

Vierte Person: Ja eben, wogegen sind wir denn?

Dritte Person: Gegen . . . *(bricht ab, sucht ein entsprechendes Beispiel, findet es aber nicht)*

Vierte Person: Ja?

Dritte Person *(zur ersten Person):* Sag du es!

Vierte Person *(zur ersten Person gewandt):* Ja?

Erste Person *(von der Wendung überrascht)*: Ja, also, wir sind gegen . . .

Vierte Person *(bohrend)*: Ja?

Erste Person *(erlöst, etwas gefunden zu haben)*: Wir sind gegen alles, was uns nicht gefällt!

Vierte Person: Und was ist das?

Erste Person: Mußt du das so genau wissen?

Vierte Person: Natürlich! Wenn man gegen etwas ist, muß man doch wissen, was es ist.

Zweite Person: Das braucht man in unserer Zeit nicht mehr unbedingt zu wissen. Hauptsache, man ist dagegen. Dann kommt man schon ungeschoren durch.

Vierte Person: Wodurch?

Dritte Person: Durch Demonstrationen — zum Beispiel.

Vierte Person: Wenn man dagegen ist?

Erste Person *(erklärend)*: Nicht gegen die Demonstration, sondern nur so. Zum Beispiel gegen Diktatur!

Vierte Person: Haben wir denn eine?

Dritte Person: Noch nicht! Aber wenn wir so weitermachen . . .

Vierte Person: Du übersiehst die Parteien!

Zweite Person: Oje. Über die reden wir lieber gar nicht erst. Außerdem sind die auch dagegen.

Vierte Person: Wogegen?

Zweite Person: Gegen das, was die anderen Parteien machen.

Vierte Person: Und wogegen sind wir noch?

Zweite Person: Gegen die Geldentwertung zum Beispiel!

Vierte Person: Aber im Fernsehen haben sie doch gesagt, das wäre überall so.

Erste Person:	Damit wollen die bloß ihre eigenen Gebührenerhöhungen rechtfertigen. Und dabei wird das Programm immer mieser.
Vierte Person:	Aber genügt das denn alles, um dagegen zu sein?
Erste Person:	In . . . . *(Name des entsprechenden Ortes einsetzen)* nicht, da muß man schon mit anderen Sachen kommen.
Vierte Person:	Zum Beispiel, daß der . . . . *(Name des Sportvereins des entsprechenden Ortes)* absteigt!
Alle	*(ganz empört)*: Wir sind dagegen!